Niewolnik na Tydzień
Kompletna Seria

Eryka Sanders

Dominacja i erotyczne poddanie

Streszczenie

Erika zgadza się być niewolnicą Sandry przez tydzień...

Niewolnik na Tydzień to powieść z silną erotyczną treścią BDSM i ponownie jest nową powieścią z **Dominacja i erotyczne poddanie**, serii powieści o wysokiej romantycznej i erotycznej treści BDSM.

(Wszystkie postacie mają ukończone 18 lat)

Uwaga do autora:

Erika Sanders jest znaną na całym świecie pisarką, która została przetłumaczona na ponad dwadzieścia języków i, z dala od swojej zwykłej prozy, podpisuje swoje najbardziej erotyczne pisma swoim panieńskim nazwiskiem.

indeks

NIEWOLNIK NA TYDZIEŃ
KOMPLETNA SERIA
ERIKA SANDERS

PIERWSZA CZĘŚĆ

„Rozumiesz", powiedziała do mnie Sandra, „że jak tylko wejdziesz do mojego domu, to, co powiem, ma zastosowanie. Całkowite i absolutne posłuszeństwo".

- Um, tak - powiedziałem trochę przestraszony.

– Nie, hm, tak – powiedziała stanowczo.
– Tak, pani.

- Tak, panienko - powiedziałem z trochę większym przekonaniem.

"Dużo lepiej." Otworzyła drzwi i odsunęła je na bok, żebym mógł wejść. Minąłem ją, taszcząc walizkę z rzeczami, które ze sobą zabrałem, i stanąłem w korytarzu. Sandra zamknęła drzwi i przeszła obok mnie. Przyjrzałem się jej bezpiecznej rozpórce. Była wysoka, miała prawie 6 stóp wzrostu. Mam tylko 5 stóp i 2 cale wzrostu i czułem się przy niej przyćmiony. Miała ładną figurę pupy, ładnie krągłe biodra i duży biust z miseczkami C. byłem uderzony.

Spotkaliśmy się w pubie i po całonocnej rozmowie zapytała mnie, czy jestem otwarty. Powiedziałem, że tak, a potem zapytała mnie, czy czuję się bardziej dominujący czy uległy.

Musiałem to przemyśleć. Wiem czego chcę, ale nie mogę się doczekać Ja także jeśli _ ktoś gotowy czy to odpowiedzialność Do przejmij i mnie powiedz mi, co mam robić .
powiedziałem _ jej , że jestem uległa .

Byłem w szoku, kiedy ona Ja zapytał, czy ja ją _ chcesz być niewolnikiem .

"Co myślisz?" prosiłem ją.

„Mam na myśli to, że przychodzisz do mojego domu, zostajesz ze mną i robisz wszystko, o co cię poproszę.

"Seksualnie?"

"Wszystko." Musiałem pomyśleć. Rozmawialiśmy o innych rzeczach, tańczyliśmy, piliśmy i całowaliśmy się do końca wieczoru. To był cudowny pocałunek, mocny i pełen pożądania. Położyłem rękę na jej klatce piersiowej, a ona ją zdjęła, patrząc mi w oczy.

– To dla mojego niewolnika – powiedziała.

„W takim razie chcę twój być niewolnikiem ”.

A teraz był My tutaj , jeden Tydzień później . Umówiliśmy się na tygodniowy okres próbny.

„Jeszcze nie zasłużyłaś na prawo do noszenia ubrań, Erika, zdejmij je wszystkie". Zawahałem się, a ona podeszła do mnie bliżej. - Nie denerwuj mnie od razu, Eryko, bo inaczej kara zostanie wykonana. Zdejmij to.

– Tak, pani – powiedziałem. Zdjęłam buty, a następnie zdjęłam skarpetki. Rozpiąłem dżinsy i pozwoliłem im zsunąć się z moich nóg, podczas gdy Sandra stała i patrzyła na mnie. Następnie ściągnąłem koszulkę przez głowę, tak że byłem w samej bieliźnie. Moje majtki były następne, a na końcu stanik. Starannie złożyłem każdą część garderoby i włożyłem ją do torby.

Sandra spojrzała na moje nagie ciało. Czułem się jak kawałek mięsa, który po prostu tam stał. Rzuciła okiem na moje maleńkie piersi, a potem wyciągnęła rękę i przesunęła palcem po moim wyprostowanym sutku.

„Masz takie słodkie małe piersi, Erika" – powiedziała do mnie.

— Dziękuję pani.

„Pociągnij dla mnie swoje sutki, pociągnij je mocno, żebym mógł zobaczyć, jak daleko możesz je wyciągnąć i jak daleko będą wystawać później".

rzuciłem _ A spójrz na moje sutki i wziął po jednym w każdym Ręka.
narysowałem _ ona jest twarda aż do bólu , mój mały piersi rozciągnięty samo Do pomija to _ Mój Ciało wyróżniał się .

Kiedy puściłem , sutki stanęły _ dumny i podekscytowany prosto .

„Brawo Erika”.

— Dziękuję pani. Jej oczy nadal mnie badały. Spojrzała na moją cipkę ze starannie przystrzyżoną linią włosów i powiedziała: „Nie możesz tego zrobić. Idę pooglądać telewizję, Erika, i kiedy to robię, ty zrobisz to za mnie. Idziesz do mojej łazienki i bierzesz pęsetę z górnej szuflady toaletki. Następnie weź ręcznik i wejdź do salonu. Kiedy ja oglądam telewizję, ty kładziesz ręcznik na stoliku do kawy, a potem siadasz na nim i wyrywasz sobie włosy łonowe, aż nie zostaje nic.

„Tak, pani” – odpowiedziałem .
„Powinienem najpierw myśleć Rzeczy odłożyć , pani?

„ Odwróć się ” było jej odpowiedz .
odwróciłem się ja od niej i przede mną
dalej Do jej Obróć się mógł , czułem się
jeden przeszywający uderz w moje _
tyłek _

„ Nie mam cię poprosił o zastanowienie
Lub Propozycje Do Zrób to , Eriko”.

– Przepraszam , pani. Poszedłem do
łazienki , kiedy Sandra odeszła ode mnie
. _ To było bardziej intensywne niż się
spodziewałem miałem , zdałem sobie
sprawę i zapytałem ja , jak długo to trwa
dopóki się nie złamię i nie wyjdę .
Znalazłem pincety i wyszedłem z
powrotem do salonu , gdzie Sandra
ogląda telewizję siedział . Położyłem
ręcznik na stoliku do kawy , abym mógł
oglądać telewizję Widzieć mógł i
rozprzestrzenił się Następnie myśleć
nogi do mnie Do sprawdzić .

„ Nie , stoisz nie przed telewizorem , Erika , stoisz przede mną , żebym mógł patrzeć może , jak każdy z was włosy poza twój kiciuś skubać ." Westchnąłem do wewnątrz i obrócił się ja tak _ myśleć Pussy Sandra została odsłonięta i zaczęła z długim i żmudnym _ proces , włosy indywidualnie Do usunąć .

chodziło mi o jeden połowa Godzina robiąc to , kiedy zacząłem odczuwać pragnienie Do czuję , że sikam _ musiałem . Na początku nic nie powiedziałem , a kiedy Sandra wyszła z pokoju, zapytałem o coś Do zrobić , bezmyślnie poszłam do łazienki . Kiedy wróciłem , zobaczyłem Sandrę stojącą i patrzącą na mnie czekaj .

"Gdzie ty do cholery byłeś?" Ona spytał ja .

" Do gospodyni klozetowej, ja musiałem się wysikać " – powiedział I przestraszony .

" ja Móc Ja nie przypomnij pozwolenie _ _ _ Ponadto dany Do mieć , prawda ? — zapytała.

„Nie, panienko, bardzo mi przykro, panienko" — odpowiedziałem.

„Przepraszam, to nie wystarczy, niewolniku. Zrobiłem, jak mi kazano, i ukląkłem jak pies na stole. – Rozłóż szerzej nogi – powiedziała. Rozłożyłem kolana, aż znalazły się na krawędziach stołu. Czułam chłodne powietrze w pokoju na odsłoniętym odbycie i cipce.

Zas! Poczułem przeszywające uderzenie Sandry w policzek. Zas! I na drugim też.

— Czy wiesz, do czego to służy? zostałem poproszony.

– Za to, że nie poprosiłam o pozwolenie, pani – odpowiedziałam z zakłopotaniem

"Zgadza się. A jeśli zostaniesz ukarany, podziękujesz swojej kochance, bo ona pomoże ci być prawdziwym niewolnikiem. Czy rozumiesz?"

– Tak, panienko – odpowiedziałem. Zas! Jej dłoń uderzyła mnie w wargi sromowe, a ja zamiast krzyczeć przygryzłem wargę. Instynkt podpowiadał mi, że doprowadzi to tylko do dalszych kłopotów.

– Dziękuję pani – powiedziałem. Znowu uderzyła mnie w cipkę, a potem jeszcze trzy razy, a potem znowu w dupę. Za każdym razem dziękowałem jej za trafienie.

„Dobrze, a teraz nie lubię włosów na mojej posiadłości" – powiedziała. założę się ja na ręczniku , mój Dół był czerwony od kostiumu bicie . Spojrzałem na moje _ wargi sromowe . Były czerwone od pobicia . Ale ja też zaskoczony tym , że _ _ _ między myśleć wargi sromowe jeden malutki perła wilgoci była. Coś o tym , jak jestem traktowana stał się , zaczął Ja włącz .

Czasami Udało mi się ostatni Włosy poza kopalnia kiciuś Do oskubać . stałem się rozkazał mi _ usiądź , mój Nogi Do rozprzestrzeniać się i moje Kolano przyciągnąć do mnie , abym w pełni został wystawiony . Sandra wyszła nad i ukląkł samo między ona . zbadała _ myśleć kiciuś dokładnie , ale ona wzruszony ona nie . byłem tak napalony ! jesteś tak blisko mieć , wystarczająco blisko tego ona prawdopodobnie myśleć kiciuś dotykać zrobiłby, gdyby _ ona jej usta lizał , ale to i tak nie Do Dotyk ,

zrobione Ja szalony _ chciałem tego _ _
ona Ja liże . zdesperowany . miałbym _
nie pomyślałem, że pytam _ _ mógł .

Po A para minuty Sandra mnie polizała z
jeden Piękny długi wyciek z podstawy
kopalni Sloty do _ wskazówka . Ale to
jest to. mogłem _ poczuj jak _ myśleć soki
poza kopalnia kiciuś tłumnie , jak i ja
sam włączać pozwoliłem , dotknąłem się
_ sam , mój palec się rozluźnił samo
całkiem światło między myśleć usta .

„ Widzę , że ty nie Naprawdę rozumiesz ,
Erika ” – powiedziała do mnie Sandra ,
kiedy ona Ja dołączony oglądałem . „ Bez
tego NIC nie zrobisz myśleć pozwolenie .
idź _ nie w toalecie i masturbujesz się nie
. Przychodzić tutaj , ja myślę , że _ musi
mieć lekcję wzmocnić ” .

I myślałem , że _ zrobiłbym nawet
Ponownie naganiać stać się . I pomimo
tego , że istnieje _ _ trochę zraniony miał

, cieszył się I Ja na to . Ale Sandra prowadziła Ja Do jeden drewniane krzesło . Miało _ jeden oparcie z listew drewnianych I A siedzisko z litego drewna . na siedzeniu był jeden mały rozwarty pogłębienie formowane , I I siedział tam np I ufny stał się .

– Daj mi ręce – powiedziała Sandra za moimi plecami. Położyłem je za sobą, a one zostały złapane i szybko przywiązane do krzesła. Sandra stanęła przede mną i również przywiązała mi kostki do krzesła. Potem przesunęła krzesło (oczywiście ze mną na nim) w miejsce, w którym siadałem i obserwowałem ją. Potem Sandra poszła do kuchni i wróciła z dużą szklanką wody.

– Wypij Erikę – powiedziała do mnie. Przyłożyła szklankę do moich ust i wypiłem mniej więcej połowę bez oddychania. Potem podniosła go i wlała mi do ust. Nie spodziewałem się tego i było więcej, niż mogłem znieść. Przepłynęła przez moje usta i spłynęła po szyi i piersiach na siedzenie. Siedziałem w bardzo płytkiej kałuży. Czułem zimną wodę na odbycie i wargach sromowych. Jednak niewiele mogłem zrobić, aby go poruszyć.

Sandra zostawiła mnie w spokoju, a ja mogłem siedzieć i oglądać ją w telewizji. Za każdym razem, gdy pojawiała się reklama, napełniała szklankę i pozwalała mi się napić. Trwało to dwie godziny.

Znów poczułem potrzebę siusiania. Stałem się zdesperowany. Straciłem rachubę, ile wody wypiłem, ale mój pęcherz miał zaraz eksplodować! Jednak wierciłem się na swoim miejscu żadna pozycja nie pomogła.

– Czy musisz sikać , niewolniku ? Sandra
ma mnie zapytał kiedy _ ona Ja
dołączony widział .

„Tak, panienko ” odpowiedziałem z ulgą ,
że zaraz idę do toalety było dozwolone .

– W takim razie masz moje pozwolenie
na sikanie – odparła.

„Um, czy możesz mnie rozwiązać, żebym
mógł siku, pani?” Zapytałem.

„Nie musisz być niezwiązaną niewolnicą,
po prostu sikaj” – powiedziała Sandra.

"Tutaj?" – zapytałem zdezorientowany.

Sandra zrobiła krok do przodu i wzięła
mój lewy sutek między kciuk a palec
wskazujący. Pociągnęła mocno. "Uważaj.

Siusiu – powiedziała i znów się pociągnęła. próbowałem _ Ja Do zrelaksować się . To nie było łatwe . Sandra stała prosto przede mną nie byłem nie da mi nikogo _ dołączony oglądałem . ja też byłem nie zwykły , związany być _

mógłbym przyjść _ _ czuć , to początkowe zatrucie, przepływ poza kopalnia pęcherz moczowy Do myśleć usta .

„ Odpady nie mój czas, niewolniku , siku" – powiedziała do mnie Sandra . A potem czułem to Myśleć siki pękać między myśleć usta na zewnątrz Jak jeden przypływ , ten wał przerwy . Rozlało się na krześle i tyle ponad krawędzią i wymieszać samo z wodą , która mnie otacza w pobliżu Zebrane miał .

Sandra uklękła samo zanim Ja w dół i pochylony siebie , podczas gdy ja się dziwiłem _ oglądałem , po przód więc wiązka _ _ kopalnia siki powyżej jej Bluza spryskane .

„Och, dobrze dziewczyna – powiedział _ ona do mnie i cieszyłam się Ja o komplement . _ widziałem _ do , jak myśleć Piss w Sandrze Bluza przesiąkał do niczego więcej dla Siki został . złapała _ Po do przodu i jechał z jej palec przez siki , które są wokół mnie tyłek i mój kiciuś wykształcony miał , podniósł je Następnie Do kopalnia sutek i wytarty ona o . to był jeden mokre , elektryczne Dotyk , który przechodzi dreszcze _ myśleć Ciało polować . Potem wstała i wyszła Ja Tam z powrotem wiedziałem _ nie to, co powinienem zrobić . siedziałem _ tylko w jednym płaski śmiech kopalnia własny sikanie .

Sandra wróciła z powrotem Znów przyniosła szklankę wody . ona ma mnie Ponadto przyniósł do _ pić . Potem

złapała mnie za włosy i przyciągnęła
moją twarz do swojej klatki piersiowej.

„Ssij mojego niewolnika z cyckami",
powiedziała mi. Przyłożyła mi pierś do
twarzy, a ja otworzyłem usta i ssałem jej
pierś, ubrany w bluzkę nasiąkniętą
moimi sikami.

„Wiesz, zaczynam cię lubić, niewolniku.
Zdjęła bluzkę, a potem stanik. Prawie
dosłownie się śliniłem , kiedy ją
czytałem piersi widziałem . byłeś _
niesamowite . pozwoliła _ jej ubrania w
kałuży poza Pee i woda spadają i siadają
Następnie po prostu właśnie tam i
oglądałem telewizję , podczas gdy ja
zawsze wciąż w szybkim chłodzeniu _
kałuża siedziałem , który ja na moim
odsłonić usta i moje potargane czuć
mały odbyt mógł .

nadal muszę jeden połowa Godzina Tam
siedział i ja spytał mieć , jeśli jestem tu
całą noc pozostać byłoby .

"Pora mi iść do łóżka idź " , oznajmiła
Sandra, która jest z ogołocony ,
cudownie duży piersi stojąc przede mną
i mną dokuczał . „ Zrobię ci teraz rozwiąż
, Erika, i chcę, żebyś miała na myśli
instrukcje śledzić . zrobię _ Ja gotowy do
spania zrobić . Kiedy ja to zrobię, ty
posprzątasz ten bałagan . Potem
przychodzisz do mojego pokoju i liżesz
mnie, aż dojdę. Czy rozumiesz?"

– Tak, panienko – odpowiedziałem.
Sandra stanęła za mną i rozwiązała
mnie. Potarłem nadgarstki, gdy Sandra
odeszła, a potem zabrałem się do
sprzątania bałaganu na podłodze,
krześle i bluzce Sandry. Usłyszałem
prysznic i przez chwilę pomyślałem, że
to świetna okazja do masturbacji, ale
byłem ostrożny. Znając moje szczęście,
zostałbym ponownie złapany i ukarany.

I kto wie, co Sandra wymyśli w następnej kolejności.

Wszedłem do sypialni w samą porę, by zobaczyć, jak wychodzi naga z łazienki. była taka seksowna Sandra położyła się na łóżku i rozłożyła nogi. „Zjedz mnie niewolniku" – powiedziała do mnie.

Wczołgałem się między jej nogi i spojrzałem na jej jedwabistą, bezwłosą cipkę. Jej usta były już spuchnięte, najwyraźniej gotowe na trochę miłości, łechtaczka wyprostowana i wystająca spomiędzy ust. Palcami rozsunąłem jej wargi sromowe, a następnie przesunąłem językiem przez jej szparę, wsuwając, a potem w górę i nad jej łechtaczkę.

- O tak - mruknęła, po czym dodała mi otuchy i zażądała, abym kontynuowała. Mój język poruszał się w kółko po jej cipce, wchodząc i wychodząc, tam iz powrotem. Czułem, jak moje własne soki wylewają się spomiędzy moich ust, byłem tak podniecony. Desperacko chciałem zwrócić na siebie uwagę, ale skupiłem się na zadowoleniu mojej kochanki. Smakowała wspaniale.

Słyszałem, jak jej oddech się skraca, sapie i sapie, a potem moja głowa znalazła się między jej udami, gdy doszła, tryskając płynem po całej mojej twarzy! Lizałem i siorbałem, a Sandra krzyczała i drżała z przyjemności.

– Dobra dziewczynka Erika – powiedziała, kiedy się zatrzymała, a ja byłam zaskoczona, jak bardzo ucieszyłam się z tego komplementu. Sandra spojrzała na mokrą plamę rozlewającą się po jej prześcieradle i uśmiechnęła się.

„Myślę, że potrzebuję czystego niewolnika". Powiedziała mi, gdzie go

znaleźć, a ja poszedłem po jeden dla niej.
Po rozłożeniu go na łóżku (Sandra cały
czas mnie obserwowała) zapytałam co
ma zrobić z mokrym.

„Och, możesz NA Ten Skarb spać . Na
końcu stopy moje łóżko . I
poinformowany . Sandra niech Ja na
koniec stopy leżąc w jej łóżku i jeden
związany kostka do słupka łóżka , razem
z nim I Ja nie bardzo daleko od niej
REMOVED mógł . Ona powiedział mi , że
powinien tak rozłożyć nogi _ _ ona samo
myśleć kiciuś Nadal raz pogląd mógł .
Ona przejechał palcem po _ _ myśleć
otwór I Mój Przenosić łukowaty samo I
próbował kontaktu _ tak długo , jak
możliwy utrzymać . Jej palec wszedł we
mnie zatkany I I krzyknął NA i radość ja_
_ _ Po dzień wyrzeczeń _ Wreszcie sens
było dozwolone . To było wycofane I I
piła jak Sandra to czyści _ ssać .

" Dobrze noc , niewolniku ." Ty skakał
NA the łóżko . " I jeśli ty _ zapytaj kiedy

sikasz _ _ musi , zrób to tam, niech tak
będzie ponieważ , ja wiązać od ciebie
jutro rano . ” I z tym usłyszał I Nic więcej
jej . _

I potrzebne dość długo zasnąć , ale ja w
końcu się udało .

Kiedy się obudziłem , Sandra stała naga
nade mną To było najpiękniejsze Pogląd
jej długi , długi Nogi w górę , na nią łysy
bok , do _ krzywizna spodu _ z ich piersi ,
jej głowa po z przodu zgarbiony , więc
stawiam czoła widziałem . rozciągnąłem
się mnie i okazało się , że już _ był
rozwiązany .

– To dla ciebie – powiedział ona do mnie
i wyszedł uśmiechając się A niebieski
bawełniane majtki spadnij nade mną

- Och, dziękuję pani - powiedziałem,
szczerze zadowolony. Patrzyła, jak je

zakładam, a potem kazała mi stanąć przed nią.

- Panienko, czy mogę skorzystać z toalety? Zapytałem ją trochę nerwowo.

„Nie. Uklęknij" – powiedziała. Ukląkłem przed nią. „Kiedy będziesz gotowy do wyjścia, zsikaj się w te majtki, niewolniku. Chcę zobaczyć , jak ją lubisz mokry robimy . Usiadła _ samo w ze skrzyżowanymi nogami zanim ja i czekam . To trwało nie długo , aż nie więcej trzymać mogłem po prostu _ _ obudził się . Poczułem to mrowienie i pośpiech , a potem stały się majtkami mokry , mój siki namoczył tkaninę i pobiegł Następnie Mój noga w dół . podzieliłem się ona łatwo i spadł na prześcieradło, na którym spałem miał .

„Lubię patrzeć, jak sikasz, niewolniku" — powiedziała Sandra. – Teraz możesz mnie obserwować. Stanęła przede mną i odchyliła się lekko do tyłu, otwierając palcami wargi sromowe. Ledwo zarejestrowałem , co robi, kiedy ostry strumień ciepłych sików wytrysnął z niej jak ze sprężyny, uderzając mnie w klatkę piersiową, przebiegając przez sutki i brzuch, aż do cipki. Poczułem jej ciepłe siusiu na moich łysych ustach.

„Och, robisz wspaniałego niewolnika, nawet nie mrugnęłaś" – powiedziała Sandra uśmiechając się do mnie. Wyciągnęła ręce, a ja włożyłem swoje w jej. Podniosła mnie na nogi i przyciągnęła do siebie, moje ciało mokre od jej sików przyciśnięte do jej. Moja twarz znajdowała się tuż nad poziomem jej sutków i poczułem, że jestem popychany na jej niesamowite cycki. Naprawdę chciałem ssać jej duży sutek.

„Chodź i weź ze mną prysznic Erika" – powiedziała Sandra. Poszliśmy do łazienki i wkrótce stałem z nią we wnęce, głównie w samych majtkach.

Sandra pozwoliła mi się dokładnie umyć, zwracając uwagę na jej odbyt i nalegając, abym włożył palec w jej ciasną dziurkę. Potem wzięła ode mnie mydło i zaczęła myć moje ciało.

Nigdy tak bardzo nie pragnąłem dotyku kobiety jak wtedy, gdy zaczęła przesuwać dłońmi po moich maleńkich piersiach. Pstrykała, szczypała i drażniła moje sutki, a ja jęczałem przy każdym dotyku.

Sandra przesunęła strumień wody tak, że ominął mnie, a potem jej ręka znalazła się w majtkach i namydliła moje pośladki. Poczułem, jak jej palec naciska na mój odbyt i odepchnąłem go, czując, jak się trochę wsuwa.

„To musi cię zabić, Erika, założę się, że wszystko, czego teraz chcesz, to sperma".

– O tak, pani – wycedziłem z drżeniem w głosie. Widziałem, jak podnosi brzytwę i obraca ją w dłoni. Zaczęła smarować uchwyt mydłem i poczułem, jak majtki ściągają mi nogi. odwróciła się Ja do ściany i pozwól Ja myśleć ręce zanim Ja leżał i mój Nogi rozprzestrzeniać się Następnie czubek rączki maszynki do golenia został wepchnięty w mój odbyt . I jęknął i stało się trudniej napotkany .

Sandra usłyszała nie aż cała ręka głęboko w moim _ tyłek był , tylko the rozkloszowany koniec gdzie normalnie the brzytwa odpowiedni byłoby uniemożliwione _ ona zapamiętaj to dalej wepchnąć się . Ona obrócił to we mnie, krzywą rękojeści obrócony siebie w moim tyłek _ Prawie mi to wystarczyło _ _ dla orgazm Do dryf . Prawie, ale nie cały .

Następnie zostało wycofane , mój _
krupon stał się umyty I the majtki
wciągnięty z powrotem na swoje miejsce
. Ponownie był myśleć kiciuś Zostawić
było . My wszedł spod prysznica _ i
Sandra wysuszona wyłączony . stałem
się NIE Ręcznik dany .

Sandra zaprowadziła mnie do sypialni i
powiedziała, że ma kilka spraw do
załatwienia. Kiedy leżałem na jej łóżku i
byłem związany, powiedziała mi, że
dobrze wie, jak bardzo jestem napalona i
nie ufa mi, że nie osiągnę orgazmu, kiedy
jej nie będzie. Zostałem więc
ograniczony swobodą ruchów, ale
niewystarczającą, aby dosięgnąć
któregokolwiek z węzłów lub mojej
cipki. Najlepsze , jakie tworzę mógł , był,
ręka na mojej sutek Do dostać .

Potem zostałam sama .

Kilka godzin później obudziły mnie głosy wchodzące do sypialni.

DRUGA CZĘŚĆ

Zadzwonił dzwonek do drzwi.

„Idź i zobacz, kto stoi przed drzwiami, Erika" — usłyszałam wołanie Sandry. Zmartwiony podszedłem do drzwi. Przecież w domu nie wolno mi było nosić nic poza majtkami, ktokolwiek tam był, mógł zobaczyć moje małe piersi i sterczące sutki.

Z wahaniem wyjrzałam przez wizjer i zobaczyłam stojącego tam mężczyznę.

Trudno było stwierdzić, jak naprawdę wyglądał przez zniekształcony obraz, ale miał na sobie garnitur.

„Świetnie, pomyślałem sobie, zaraz zapewnię sprzedawcy największy dreszczyk emocji w roku!" Otworzyłem

drzwi i otworzyłem je na tyle, by móc ją
rozejrzeć.

"Tak?" Zapytałam.

– Czy jest tam Sandra? – zapytał mnie,
jego wzrok wędrował w dół mojej
twarzy do szyi i obojczyków. Oblizał
usta. Myślę, że wiedział, że nie byłem
odpowiednio ubrany za drzwiami.

" Kto czy mogę powiedzieć zadzwoń ? _

„Danie”.

" Czekaj jeden tutaj proszę Poczekaj
chwilę – powiedziałem _ go i zamknął
drzwi . zrobiłem _ szukasz mnie _ do
Sandry i znalazłem ją wychodzi z toalety
.

„Dan chce się z tobą zobaczyć, Sandro" –
poinformowałem ją.

- Och, jak pięknie - zawołała. „Proszę, idź
i wpuść go, a potem zabierz do salonu".

Wróciłem do drzwi i otworzyłem je, tym
razem na tyle szeroko, by Dan mógł
wejść do środka. Czułam, jak jego wzrok
wędruje w górę iw dół mojego ciała i
poczułam moją reakcję na szczerą ocenę.
To było Nic powiedział , ale Dan wszedł
z nim do holu ja drzwi _ zamknąć mógł .

- Chodź za mną, proszę - powiedziałem,
idąc w kierunku salonu. Spojrzenie przez
ramię upewniło mnie, że mnie śledzi, a
także powiedziało mi, że w tym
momencie jego oczy były przyklejone do
mojego odzianego w majteczki tyłka.

Zaprowadziłem Dana do salonu, gdzie na
kanapie siedziała Sandra . Kiedy Dan

przybył , wstała i weszła do niego Do przytulić .

„ Hej Dan , miło cię poznać zobacz !" – powiedziała.

„To samo z Sandrą. Byłem w mieście w interesach i musiałem wpaść".

"Czy chciałbyś się czegoś napić?"

"Szkocka?" zapytał Dana.

"Naturalnie. Erika, przynieś Danowi szkocką. Powiedziała, potwierdzając z Danem. Skinął głową, a ja skierowałem się do barku z alkoholem po drugiej stronie stolika do kawy, skąd on i Sandra usiedli teraz na kanapie. – I mi też przynieś – dodała.

Pochyliłem się do przodu i trzymałem wyprostowane kolana, gdy wyjmowałem butelkę z szafki, upewniając się, że moja odziana w majtki cipka Sandra stoi prosto, tak jak mi powiedziano, gdy wyjmowałem rzeczy z dołu. Sandra lubiła moje nogi i nie chciała, żebym zmarnowała okazję do podziwiania ich.

Podałam Danowi drinka, a potem Sandrze jej, zanim powiedziała: „Dzięki, Erika, możesz usiąść na poduszce." Wskazała na poduszkę w rogu salonu, a ja podeszłam i usiadłam ze skrzyżowanymi nogami w moją stronę , zdając sobie sprawę, że wzrok Dana od czasu do czasu wędrował do moich piersi, kiedy rozmawiali.

Rozmawiali przez około pół godziny, a ja kilka razy dolałem im drinków, kiedy Sandra zapytała Dana po tym, jak rzucił mi jeszcze jedno spojrzenie: „Podoba ci się moja nowa zabawka?"

„Chciałbym, jest bardzo słodka, Sandra, wykonałaś świetną robotę".

„Tak, nauczyła się też dość szybko" — powiedziała Sandra, a ja poczułam ciepło na tę pochwałę.

„Jest coś w tych małych piersiach, co zawsze przyciąga moją uwagę" — powiedział Dan. „Nie mogę tak naprawdę powiedzieć, ponieważ zwykle bardziej podobają mi się takie miłe, dorodne dziewczyny jak ty, ale jest w niej coś..."

„Wiem, co masz na myśli", odpowiedziała Sandra, „na początku czułam to samo. Teraz uznaję to za pewnik.

„ Zrób to sobie coś wyłączyć , jeśli spróbuję ? _

" Oczywiście nie . Erika, proszę, chodź tutaj. Wstałem i podszedłem do nich obojga. „Uklęknij tutaj”. Uklęknąłem przed nimi. Dan wyciągnął rękę i pogłaskał moją klatkę piersiową, po czym wziął mój lewy sutek między kciuk i palec wskazujący. naciągnąłem i skręciłem i poczułem piekący ból przeszywający moją klatkę piersiową. Jęknąłem i nie mogłem się powstrzymać.

Sandra wyciągnęła rękę i jednocześnie pociągnęła mnie za prawy sutek, a ja znowu jęknęłam.

„To są ładne małe sutki, prawda?” powiedziała do Dana, który się zgodził. Przez jakiś czas obaj bawili się moimi sutkami, a potem nagle (a przynajmniej tak mi się wydawało) przestali i wznowili rozmowę. Po prostu uklęknąłem, ponieważ nie kazano mi robić nic innego.

Potem poproszono mnie o więcej drinków i zrobiłem to. Po porodzie zawahałem się, niepewny, gdzie wrócić, klęcząc przed nią lub w kącie. Sandra musiała to zauważyć i kazała mi znowu przed nimi uklęknąć.

„Ale zdejmij te majtki, chcę, żeby Dan zobaczył twoją wyskubaną cipkę…” dodała, kiedy byłam w połowie drogi do podłogi. Ponownie wstałem i zsunąłem majtki z nóg, odsłaniając mój gładki, nagi kopiec. Dan siedział i podziwiał mnie, jego wzrok zatrzymał się na mojej cipce.

„Cóż, na pewno ma fajną cipkę, czy powiedziałeś, że jest oskubana?” Dan powiedział, używając jednej ręki do regulacji krocza spodni.

„Tak, wiesz, jak nie lubię włosów, a golenie kilkudniowego zarostu to niechęć, więc kazałem jej usiąść i skubać się, jeden włos na raz. to było bardzo przyjemne i myślę , że ich kiciuś widzi przez to dużo lepsza wyłączony .

"Założę się, że tak Ładny dokładnie. "

" Pamiętam _ _ nie , mam jej nie wolno , coś z z ich kiciuś Do zrobić i ja też nie , ponieważ ona Tutaj jest . Musisz dostać właściwy _ zarobić , posprzątać w tym domu przejebane Do stać się ”. To sprawia ona ładnie i mokro ale – dodała Sandra , podnosząc moją odrzucona majtki i pokazał Danowi mokry ślad na kroczu.

Jej Rozmawiać powyżej ja , jako gdyby mnie tam nie było , zaczął do mnie włącz . całość _ obsługa obiektów miał Ja Pierwszy zdemoralizowany , ale Teraz powiedział mi: „To jest swoją rolę i

będziesz szacowany . Ciesz się tym i
ciesz się tym.” To sprawiło , że Dan był
oczywisty też włączony , bo miał jeden
oczywiste erekcja w spodniach.

„ Dan, czy jest coś , w czym potrzebujesz
pomocy potrzebujesz ? - zapytała go
Sandra , gdy usiadł przygotowany _ _
dostosować . przeciągnęła się wyciągnąć
rękę i pogłaskać _ jego ogon przez jego
spodnie.

„ Chciałbym coś Pomoc Witamy .

„ Więc stoisz lepiej w górę ” – powiedział
ona Do on . Dan wstał, a Sandra kazała
mi rozpiąć jego i jego spodnie ogon
wyjdź ale _ jego nie dotknąć . Rozpiąłem
jego pasek, a następnie guzik i rozporek
jego dżinsów, które spadły na podłogę.
Miał niesamowite nogi i musiał być
kolarzem, bo nie miał włosów. Jego
kutas zderzył się z jego bokserkami,
które zdjąłem, ostrożnie manewrując

nimi bez szczypania lub dotykania jego penisa. Był długi, gruby i bardzo imponujący. Chciałem wyciągnąć rękę i ją przytulić, ale wiedziałem, że będzie z tym więcej kłopotów, niż mogłem sobie wyobrazić.

Dan oparł się o kanapę, a Sandra pochyliła się i zaczęła lizać penisa Dana. Patrzyłem, jak jej język tańczy delikatnie po żyłach i zawija się wokół głowy. Dan jęknął.

„Możesz bawić się jej cyckami, Dan, możesz dotykać jej wzgórka, ale nie dotykaj ani nie penetruj jej ust" — powiedziała mu Sandra, zanim wzięła jego penisa głęboko do ust. Delikatnie przesuwała się po jego długości.

Dan wyciągnął rękę i przyciągnął mnie bliżej siebie za prawy sutek. Palce jego drugiej ręki tańczyły po gładkiej skórze mojego wzgórka, niebezpiecznie blisko moich ust, nie dotykając ich. Potem znów pociągnął mnie za sutki. Twardy. Bolało, ciągnął tak mocno, że byłam pewna, że ją rani, ale nie krzyczałam, po prostu stałam i przyjmowałam ból, koncentrując się na Sandrze z kutasem wsuwającym się do jej ust.

Zatrzymała się i ściągnęła bluzkę przez głowę, po czym puściła stanik, a jej masywne piersi cudownie się uwolniły. Chwyciła penisa Dana i umieściła go między swoimi piersiami, trzymając rękami między piersiami. Następnie wylała ślinę z ust na czubek jego penisa i zaczęła przesuwać piersiami w górę iw dół po obu stronach jego penisa.

Dan przestał zwracać na mnie uwagę i patrzył, jak Sandra pieprzy jego kutasa swoimi cyckami. Potem zaczęła przesuwać językiem po jego ciele, aż leżała na nim, z piersiami przyciśniętymi do jego klatki piersiowej i nogami rozłożonymi na boki. Dan naciągnął jej spódnicę, aż zebrała się wokół jej talii. Potem chwycił jej rajstopy i rozerwał je. Sandra nie nosiła majtek pod rajstopami.

Sandra pochyliła się do przodu, a Dan chwycił swojego kutasa i skierował go na jej cipkę. Odpychając się z powrotem w dół, przesunęła się po jego rurze, aby wbić ją w siebie. Stałem obok nich, podczas gdy Sandra ujeżdżała jego sztywnego penisa w górę iw dół, czekając i zastanawiając się, co zamierzam zrobić. Sandra musiała czytać w moich myślach.

„Chodź tutaj", powiedziała do mnie, a gdy tylko byłem wystarczająco blisko, wzięła sutek do ust i ssała go chętnie, podskakując w górę iw dół. Następnie Dan odepchnął Sandrę z powrotem, aż zamienili się pozycjami, a on wisiał nad nią, wbijając w nią swojego kutasa w pozycji misjonarskiej, a jego jądra obijały się o nią przy każdym pchnięciu do wewnątrz.

Usłyszałem, jak chrząknął i zobaczyłem, jak się trzymał i najwyraźniej tryskał spermą głęboko w niej, zanim wyciągnął swojego kutasa.

„Dzięki Sandra, to było wspaniałe jak zawsze" – powiedział jej.

„Wyczyść to, Erika, użyj ust" – powiedziała Sandra, patrząc na mnie. Ukląkłem, a Dan siedział z rozłożonymi nogami na kanapie, a jego kutas był wciąż świeży i lśniący od ich połączonych soków. Użyłem ust, ssąc i liżąc jego penisa, oczyszczając go ze swojego pożądania. Kiedy to zrobiłem, podniósł się ponownie do stanu pełnej erekcji i cieszyłem się, że mam tak dużego kutasa do ssania.

„Zatrzymaj Erikę, on jest czysty. musisz _ Ja Teraz sprzątanie . I tym razem nie

słyszysz _ na do I Chodź " powiedziała mi
Sandra . _ I przeniósł Ja między jej nogi i
ona ślizgał się Po z przodu , do góry
tyłek na krawędzi wisiał , nogi do Ja
rozprzestrzeniać się

Podziwiałem jej cipkę i delikatnie
kładłem językiem jej wargi sromowe,
liżąc je i oczyszczając. Potem
zobaczyłem przepływ spermy między jej
ustami aż do jej odbytu. Goniłem ją
językiem, musiałem lizać ją dookoła i po
jej pomarszczonej dziurce, aby sprostać
wymaganiom zadania, które mi
powierzono. Sandra jęknęła głośno,
kiedy mój język tańczył na jej odbycie.

Po omacku macałem jej usta, liżąc, ssąc,
oczyszczając ją z spermy, a następnie
przesuwając się do jej łechtaczki.
Przejechałam językiem po czubku, a
potem z powrotem w dół, po czym
okrążyłam go w kółko. Kątem oka
widziałem, jak Dan gładzi swojego
kutasa, obserwując mnie w mojej Pani.

Ustabilizowałem się w rytmie i zostałem nagrodzony, gdy usłyszałem krzyk Sandry i jej ciało drgające od orgazmu.

Kiedy wyzdrowiała, powiedziała mi, że mogę już wrócić do rogu. Kiedy szedłem z powrotem przez pokój, byłem doskonale świadomy tego, jak mokra była moja cipka. Dan i Sandra siedzieli i rozmawiali jeszcze trochę, żadne z nich nie uważało, że warto zawracać sobie głowę przywracaniem ubrań.

„Z pewnością jest uroczą młodą zabawką" — powiedział kiedyś Dan. "Jakakolwiek szansa, że mogę spuścić się w jej usta?"

"Mam inny pomysł. Była bardzo dobra i zasługuje na nagrodę. Niezbyt dobrze, pamiętajcie – dodała Sandra, widząc, jak jego oczy się rozjaśniają. – Chodź ze mną, Eriko – powiedziała. Poszedłem za Sandrą do sypialni, gdzie czekała ze sznurkiem. Kazała mi trzymać ręce wzdłuż ciała i obwiązała mnie liną na wysokości łokci, żebym mógł poruszać przedramionami, ale nie ramionami. Był wystarczająco długi, aby mogła owinąć go wokół mojej klatki piersiowej, całkowicie nieruchomo zawiązując moje ramiona i pozostawiając wystarczająco dużo długości, aby mogła mnie nim poprowadzić.

I zrobiła to, wracając do salonu, w którym czekał Dan, z kilkoma kawałkami liny owiniętymi wokół jej drugiego ramienia.

„Teraz wygląda to obiecująco" — powiedział Dan, gdy zobaczył, że się zbliżamy.

– Uklęknij, Erika – powiedziała do mnie Sandra. Uklękłam i poczułam, jak Sandra owija kolejny kawałek sznurka wokół mojej nogi. „Teraz oprzyj się na piętach, a następnie pochyl się do przodu, aby oprzeć głowę na podłodze, tak aby kolana dotykały klatki piersiowej". Długość sznurka, teraz schowana za kolanami przez złożone nogi, została przeciągnięta przez szyję, a następnie zawiązana z przodu. Sandra trochę mnie dopasowuje.

Skończyłem z przedramionami i podudziami na podłodze, złożonymi tak, że nie mogłem się ruszyć, z tyłkiem skierowanym do tyłu. To nie było wygodne i miałem nadzieję, że oznacza to tylko, że Sandra pozwoli Danowi mnie przelecieć i da mi jakieś odkupienie.

Miałem prawie tyle samo szczęścia.

„Zachowam to dla siebie" – usłyszałam Sandrę za moimi plecami, gdy palec powoli gładził moje lewe zewnętrzne wargi sromowe. Wzdrygnęłam się na dotyk. „Ale myślę, że nadszedł czas, aby ta zabawka trochę się przydała. W końcu zabawki są po to, żeby się nimi bawić, a nie zostawiać je na półce w opakowaniu. I dlatego pozwolę ci ją przelecieć, Dan, właśnie tutaj.

Poczułem, jak jej palec spoczywa lekko na środku mojego odbytu.

„Teraz jest prezent, który chętnie przyjmę” – odpowiedział Dan.

„Po prostu pozwól mi je dla ciebie przygotować” – powiedziała Sandra. Wyszła z pokoju i wróciła. Pierwszą rzeczą, jaką poczułem, było jej delikatne lizanie językiem wokół mojego odbytu. To było dzikie. chciałem _ odpowiedź , ale była zawiązany zbyt mocno , by to zrobić . Wtedy poczułem jak _ coś Wspaniały powyżej myśleć krupon pobiegł .

Sandra zaczęła wcierać go w mój odbyt.
To musi być lubrykant , pomyślałem
sobie. Ścisnęła mi odbyt bez _ _
najeżdżać , jechać z jej palec lub Kciuk
jeden chwila nad wejściem _ tam iz
powrotem , do punktu , w którym oni jej
palec we mnie nabity na pal warknęłam
_ Po powietrze , jak zdecydowanie
przeciwko oporowi _ _ kopalnia
pierścienie mięśniowe przeszedł .

Wsunęła ją _ _ kilka razy wchodzić i
wychodzić przed nią więcej smar i jeden
_ drugi palec z pierwszym _ wepchnięty .
I sapnął .

„Ok Dan, myślisz, że możesz to zrobić to
? " zapytał ona śmiejąc się .

- Och, jestem pewien, że mogę -
odpowiedział. I poczuł czubek swojego
dużego _ kogut spoczywający na moim

odbycie . ciśnienie _ wziął powolny do ,
dopóki ja czułem, jak się we mnie
rozluźnia . I przygryzam wargę dla
każdego _ hałas Do stłumić to _ I robić
mógł , podczas gdy on sam _ powoli , ale
zdecydowanie we mnie przygotowany . I
mógł nie uwierz jak _ duży to sam
czułem się I poszukiwany Ja punktualny
dostosować , ja NA the nadchodzący
przygotować , ale nie pozwolono .
Wciskał się nieubłaganie, a ja nie miałam
innego wyjścia, jak tylko go wpuścić. A
potem przestał. Trzymał swojego kutasa
tak głęboko we mnie, że myślałam, że
jest gotowy, by szturchnąć mnie w
migdałki. A potem znowu się wycofał.
Było cudownie.

Nacisnął ponownie; Wsunąłem się z
powrotem i poczułem, jak Sandra kapie
na nas lubrykant, gdy znów się
stopiliśmy. Kapała obok jego penisa i
odbytu do mojej cipki, a ja tęskniłem za
dotknięciem. Dan zaczął teraz pieprzyć
mnie w dupę, a kiedy się dostosowałem,

naprawdę lubiłem kołysać się tak lekko,
aby zachęcić go do penetracji mojego
tyłka.

chciałem tego _ _ myśleć łechtaczka
wzruszony będzie . Byłem w ogniu .
Wiedziałem , że tak będzie tylko
najmniejszy _ kontakt potrzebujesz mnie
_ dla spłukiwać Do przynieś , jak ja
jeszcze nigdy zanim zrobił miałem , ale
mogłem _ nic z tym nie rób zasięg . A
potem przyszedł Dan i zalał mój tyłek
swoim nasieniem.

„Dziękuję Sandra" – zaoferował, zanim
udał się do łazienki.

„Pozwól, że cię umyję, Eriko" —
powiedziała Sandra pod jego
nieobecność. Czułem, jak jej język liże
nacięcie w mojej cipce aż do odbytu,
gdzie lizała i ssała, aż skończyła się
sperma.

— Cóż, Sandra, muszę iść — powiedział Dan, wracając z łazienki. „Dziękuję za tę wspaniałą wizytę".

„Cieszę się, Dan, że wpadłeś" – odpowiedziała. Odprowadziła go do drzwi. Przewróciła mnie na bok, wciąż związaną, a potem usiadła, żeby oglądać telewizję.

Leżałem na podłodze, ledwo widząc telewizor, odwrócony od Sandry. Nie mogłem obrócić głowy na tyle daleko, żeby je zobaczyć. To było nieuniknione i chociaż miałem nadzieję, że będzie inaczej, musiałem się wysikać.

– Proszę pani, muszę iść do łazienki – powiedziałam, nie spodziewając się, że mi to pozwoli, ale na wszelki wypadek musiałam zapytać.

„Cóż, oglądam telewizję i nie mam czasu, żeby cię rozwiązać, więc możesz albo wytrzymać do końca programu, albo po prostu ulżyć sobie. Próbowałem wytrwać, ale ostatecznie bezskutecznie, przed końcem pokazu nie miałem innego wyjścia, jak tylko puścić siusiu.

Kiedy skończyłem, położyłem się na podłodze w moim siku i zdziwiłem się, gdy poczułem, że Sandra do mnie podeszła. Poczułem, jak jej dłoń pieści moje biodro i zjeżdża w dół moich pośladków, by dotknąć palcami mojej przesiąkniętej moczem cipki. Wsunęła je tam iz powrotem w górę mojej szparki i wkrótce wilgoć, która mnie pokryła, zmieniła się. Jeden palec obmacał mój odbyt i powoli wsunął się do środka, a potem, ku mojemu całkowitemu zaskoczeniu, jeden wsunął się w moją cipkę.

cipkę i nagle zdałem sobie sprawę, jak bardzo tego chciałem. Wtedy Sandra poluzowała więzy, które mnie krępowały.

„Chodź, czas na więcej zabawy.” Rozwiązałem ostatnie sznurki i powoli wstałem z podłogi, masując swoje ciało tam, gdzie były przymocowane. Byłem w tej pozycji przez dobrą godzinę i potknąłem się trochę przy pierwszym kroku. Sandra zaprowadziła mnie do łazienki i odkręciła prysznic.

Sandra przesuwała dłonią w górę iw dół po tej stronie mojego ciała, która była w moczu. Jej mokra dłoń objęła moją pierś, a potem opuściła głowę do mojego sutka i zaczęła go ssać. Potem otworzyła siatkowe drzwi do kabiny prysznicowej i weszła do środka, dając mi znak, abym poszedł za nią.

– Uklęknij tam, Erika – powiedziała, wskazując na podłogę przed sobą. Ukląkłem na podłodze z twarzą na

wysokości jej cipki, patrząc w górę,
podziwiając spód jej obwisłych piersi.
Woda pluskała po plecach Sandry i tylko
od czasu do czasu udawało mi się złapać
zabłąkany odrzutowiec, kiedy się
poruszała.

Sandra przyłożyła dłonie do swojej cipki
i rozłożyła usta przede mną, po czym
odchyliła się lekko do tyłu. Część wody
płynęła teraz po jej ramionach w moją
stronę, a część płynęła między jej
piersiami do jej cipki. Kiedy tak
patrzyłem, moje oczy chłonęły jej piękno
i ignorowały ten widok, a ona zaczęła
sikać. Strumień ciepłych sików
wytrysnął z jej cipki i uderzył mnie w
szyję. Sandra ponownie pochyliła się i
patrzyła, jak sika na moje cycki.

"Otwórz buzię Eryko, wypij moje siki."
Siedziałem i patrzyłem na nią bez ruchu.
„Erika, to nie była prośba, to był rozkaz.
Pij moje siki". Strumień teraz się
zatrzymał, Sandra najwyraźniej się

powstrzymała, aby dać znak, że jestem gotów spełnić jej prośbę. Wyciągnęła rękę i chwyciła mnie za włosy, odchyliła moją głowę do tyłu i przeszła nade mną tak, że jej cipka znalazła się cal od moich ust.

" Nie rób tego trudna zabawka . _ Najwyraźniej nadal jesteś ? nie gotowy na przyjemność , którą ci daję umożliwić chciałem . " Czułem się jak jej sikaj na moje usta poznałem i ją sprężony trzymany podczas _ ona powyżej spłynął po niej , po mojej szyi i klatce piersiowej . Kiedy skończyła, odsunęła się ode mnie i wyszła spod prysznica. Sięgnęła z powrotem i zakręciła wodę.

Nie ruszałem się, bo czułem, że nastrój się zmienił. Sandra powoli wytarła się i wyszła z pokoju. Kiedy wróciła, miała kawałki kabla z salonu. Były wyraźnie wilgotne. Sandra wzięła jedną i zawiesiła mi ją na szyi, zanim kazała mi iść za nią. To nie było ciasne i zauważyłem też, że to wcale nie był węzeł poślizgu, po prostu wydawało się, że na nowo definiuje związek między nami. Pan i sługa.

W sypialni Sandra kazała mi zająć pozycję pieska. Zrobiłem, co mi kazano była , a ona wszedł Do jej szafa . Po ona jeden chwila w tym łowił wokół przyszedł _ _ ona z jeden ogromny czarne dildo i tubkę lubrykantu z powrotem Szybko zaczęła używać mojego odbytu _ jeden rząd palców _ żeby mi to teraz rozsmarować popchnięty były . Potem przeniesiony ona samo zanim ja i kapałem Nasmaruj ogromne _ kawałek gumy ona trzymany , bezpośredni zanim myśleć oczy . miałem _ NIE pojęcia , jak to jest w moim dupek pasować powinien .

Szybko jednak dowiedziałem się , kiedy to powoli _ ale stanowczo przeciw Mój potargana dziura wciśnięta . czułem się _ _ _ _ rozciągnięty , dalej niż kiedykolwiek wcześniej . Byłem tego pewien _ ona rozerwij mi odbyt by , ale ona wiedziała, co robi . Zajęło jej to 15 minut , aby być usatysfakcjonowanym być jak _ wiele z tego potwora w moim _ krupon miał , a potem usłyszał ją w górę. oddychałem _ ulga niż _ ona zatrzymał go _ głębiej Do naciśnij . Byłem na rękach i kolanach i mogłem poczuj to znowu _ _ wymknął się kiedy pozwoliła temu odejść . To było Jednak Sandra szybko się zatrzymała , gdy a sznur wokół niego związany, a następnie wokół a noga , druga i też moja szyja

jako ona ja z boku położyć , stał się myśleć ręce na nogach łóżka związany i mój kostki związani razem .

– Dobranoc, zabawki – powiedziała Sandra.

– Dobranoc , pani – odpowiedziałem cicho . _ Nie miałem tej nocy _ _

Naprawdę spałem . byłem łatwy nie
wygodny wystarczy . zdrzemnąłem się
od czasu do czasu , ale to wszystko już .
A jeśli sikam w środku nocy nie
musiałem _ _ _ spróbuj czegoś _ Inny
robić jak _ Tam Do siusiu gdzie leżę.

Kiedy Sandra się obudziła , poszła ona
bezpośredni Do jej szafa i rysowałem
jeden skórzany bicz na zewnątrz
przyniosła _ Ja z powrotem w jedno
pieska i huśtawka potem bicz _
przeciwko myśleć tyłek _

Zas!. Wzruszyłem ramionami razem ,
gdy zszywam skórę _ _ czułem się

" Myślę, że po tym Czy naprawdę możesz
zrozumieć , że ja absolutnie
posłuszeństwo musi być " była jedyną
rzeczą, którą zrobiła powiedział do mnie
przed batem znowu i znowu myśleć z
powrotem i mój krupon spotkałem .
Żadna skóra nie była złamana , ale paliła

i wiedziałam , że było dużo czerwonych plam dawać gdybym był sobą _ _ zobacz w lustrze mógł .

Po jakiś czas stałem się znowu opuścił i przeniósł Ja nie . Kiedy Sandra wróciła , miała ona krzesło . Położyła go przede mną i ponownie wyszła z pokoju. Tym razem wróciła z dwiema miskami płatków. Jedną położyła przede mną na podłodze, a drugą usiadła na krześle.

„ Jedz ” , to było wszystko , co powiedziała powiedział . Chciałem miskę _ _ z myśleć ręce anulować , zatrzymany Ale wewnątrz , jak ona dodano : „ Brak Ręce . Opuściłem się Mój Twarz do miskę i zjadłem płatki _ Jak psa na chwilę ona nagi Usiadł przede mną i nią własny Śniadanie jadłem _ Jak ja tak bardzo Jak możliwy z miski _ zjedzony miał _ Usiadłem z powrotem na swoim obcasy i czekał , coraz masywne dildo nadal w moim tyłek pochowany i pomiędzy myśleć stopy znakomity .

szanowałem _ na nim , nie na nim dalej
Do siła . Sandra skończyła jej Śniadanie ,
wstałem i podszedłem do mnie do .

Znów stanęła nade mną, jej cipka
znajdowała się cal od moich ust.

- Otwórz buzię, Eryko - powiedziała
bardzo spokojnie. Zawahałem się.
Złapała mnie za włosy i pociągnęła za
nie. Czułam się, jakby zrywała mi je z
głowy. Otworzyłem usta. Sandra zaczęła
sikać mi w usta. Pozwoliłem jej wypełnić
się bez połykania, a potem moje usta się
przepełniły, a jej siki popłynęły po moim
gardle i piersiach. Wydawało się, że sika
bez końca i zastanawiałem się, ile wody
wypiła, przygotowując się na ten
poranek. To musiało być dużo.

Kiedy skończyła, puściła moje włosy i
pozwoliłem, by ostatnie jej siki wylały
się z moich ust.

„ Widzisz , o to chodzi Dobry Zabawki
tak - ukłoniła się samo w dół i pocałował
ja , gołąb jej język w moim z siki
nasiąknięty usta i polizał Następnie Mój
twarz . Rozwiązała sznurówki , które
mnie wiązały związany miał i wreszcie
masywna zabawka została usunięta z
mojego odbytu .

" Idź na łóżku, Erika." Wspiąłem się na
łóżko i położyłem ja na plecach . Sandra
się poruszyła samo powyżej ja , ona
piersi zawieszony pod ją i pociągnął
powyżej Mój mięso . Zadrżałam, gdy
sutek musnął mój gładki wzgórek , a
potem brzuch. Przycisnęła je do moich
małych piersi, a potem pocałowała,
ocierając się o moje udo.

Odwzajemniłem namiętny pocałunek,
przesuwając dłońmi po jej bokach, a
następnie po jej pośladkach,
zastanawiając się, czy istnieje granica,

której nie powinienem przekraczać, i jaka ona prawdopodobnie by była. Ale Sandra nie wydawała się teraz tym przejmować. Usiadła nade mną, a potem przesunęła się do przodu, aż przycisnęła swoją cipkę do mojej twarzy. Zjadłem ją, używając języka do lizania i pieszczenia jej łechtaczki, przyciskając do niej całe usta i wsuwając język do środka. Sandra otarła się o mnie i nie trwało długo, zanim doszła.

Potem Sandra znów zaczęła wędrować w dół mojego ciała, tym razem całując, ssąc i gryząc ustami, językiem i zębami, przesuwając się po moim ciele. Kiedy dotarła do mojej cipki, pomyślałem, że zaraz eksploduję. Pieszczota jej języka na mojej łechtaczce sprawiła, że skrzywiłem się w odpowiedzi.

Byłem tak napalony po tygodniu deprywacji i samowoli , że pomyślałem , że pójdę nawet idź . Ale Sandra była oczywista ćwiczyła i wiedziała co robi .

drażniła się ja prawie _ orgazm i wyciągnął samo Następnie z powrotem , skubał i całował myśleć wewnętrzne uda lub pociągnął z twój palce na moich sutki . Następnie chwyć ona myśleć kiciuś z powrotem , aż byłem prawie na miejscu. ścisnęła _ myśleć Kolano Do w górę mojej klatki piersiowej i unosił się jej Język głęboko we mnie w , więc lizał ona w dół Do mój odbyt i powtórzyłem jej działanie tam .

Wreszcie pozwalać ona Ja iść , wziąłem myśleć łechtaczka między jej Usta , pociągnięte i zasysane na to . Krzyczałem , kiedy _ Ja Mój orgazm przeszedł , mój Nogi drżał i drżał z siłą. Czułem się , jakbym był płynny squirted jak przyszedłem po raz pierwszy w historii . _ Sandra polizała mojego _ cipka , oczyszczona i kochana ona .

za mną _ odzyskany ciągnął _ _ ona ja pod prysznicem , gdzie my nas oczyszczone , dotknięte i pogłaskane . To

było dziwne _ ta kobieta, moja Ukochany
stał się nagle taki wrażliwy z twój
dotyka ominięty . To było kiedy miałbym
siebie _ zepsuty , gra skończona .

Później tego dnia pożegnałem się z
Sandrą i wyszedłem . pytam _ mnie
często , gdy je widzę odwiedzać
powinienem i kim mógłbym związany na
podłodze , gdybym to zrobił .

Pewnego dnia będę .

KONIEC